おやじ女子図鑑

フカザワナオコ

Naoko Fukazawa

幻冬舎

Book Design

児玉明子

はじめに

おやじ女子図鑑。

我ながらすごいタイトルだなぁ！　と思いますが、最近の自分も含めこんなアラサーアラフォーのおひとりさま女子が増えてきたような気がしてます。

少女とおばさんの中間地点がわからなくてまったく別な生き物になっていく女性たち……。

それがまさにおやじ女子。

ひとりで仕事して生活してるという自立心から、いつの間にかオス化しちゃってるのでしょうか。忙しすぎて恋愛からも遠ざかると、実際にヒゲが生えてくる女性もいるらしいが、もはや人ごとではない。

なんでもひとりで解決できる人生スキルを次第に身につけつつも、やはりひとりが不安でどうしようもなく心細いときもあって。

自立した大人の表れからおやじみたいな行動をしたり、かといって20代女子のような純真無垢さも100%は捨てきれなかったり、なんだか忙しい生き物。

この本はアラフォー独身で今日も生きてる漫画家の私、フカザワナオコが日頃感じたおやじ女子的思想をひとこまの漫画とエッセイにまとめた一冊です。

半径1メートル以内の世界で日々一喜一憂するおやじ女子のささやかで奥深さもある世界、ぜひお付き合いください。

2013年　5月　フカザワナオコ

これがおやじ女子!?

おやじ女子図鑑

目次

File 001

いつでも、どこでも

同じアラフォー独身の知人の身に起きた、嘘のような出来事。
いやー。
「出会いがないない」なんて嘆いてばかりじゃいけません。
ほんとどこに出会いがあるかなんてわかりませんね。
寝起きとかひどい格好で、宅配の荷物受け取ってる場合じゃないわ！

最近知人が結婚したらしい。
配達によく来てた宅配業者の人と結婚したらしいよ〜
Fall in love!!
ええっ!?
出会いって無限!!

File 002

有無を言わさず

そりゃ恋人関係でもないし、年上の私が払おうとは思ってたけど、有無を言わさず伝票渡されたらなんか傷つく。

しかも、帰宅後クレジットの伝票とともに頼んでもいない領収書が入っていて更にムキーッ！

これって、はなからデートじゃなく仕事関係って決めつけてるってことだよね？

そんな気遣いいらない……。

本日は年下の男性と食事。
うまいっす!!
……
スッ…
伝票
何も聞かずに
支払いは私ですか!!

File 003

永遠に生まれない

お酒の勢いがあるからこそ、話せたり見せられる顔とかあると思うんです！

もういい大人になると、シラフで自分を出せないし、積極的にも行けないのにー。

なので、多分下戸《げこ》の人とは、永遠に恋は生まれないと思ってます。

付き合うならお酒強い人希望。

ちょっと気になる人からお誘いが…
え!? 食事!? うんうん飲みに行こう〜よ
いつ行くー? どこ行くー?
食事イコール飲みの人
ごめ〜ん、オレ お酒飲めないんだよね〜
ごはんだけでもいい?
お酒抜きでどう恋を始めるというの!?

File 004

おひとりさまの定義

私が勝手に考えてる「おひとりさま」は飲み会の後、誰もいない家に帰る人のこと。それまで気の合う仲間でわいわい飲んでいて時間も遅くなって「じゃあねー！」とみんなと別れて、明かりのついてない誰もいない部屋にひとりで帰って顔洗って寝る……。

家族がいてもさみしいときとかあるとは思うのですが、誰かがおかえりって言ってくれたり、言うことのできる人はやっぱり厳密にはひとりではないのです。いつか私も……。

私もおひとりさま仲間なんですよ〜♪
バツイチで子供がひとり
ウフフ〜
一回でも結婚してるじゃん…
家に帰れば待ってる人（子供）がいるじゃん…
……
バツイチ子持ちは認めない。

File 005

思うのは自由

壇蜜を目指す自分に、まだまだ捨てきれない女の部分を感じます。

独身だし、男性から女として見られたいっていう。

黒髪ロングにしたところで、元が違うので壇蜜にはなれないってわかっていても、女としての幻想を追い続けてしまうんだわ……。

壇蜜を目指して髪を伸ばしてます。
30過ぎてて
あの美しさ…
若作りしてない感も
すごく理想的…
だら～～
いや～…
黒髪ロングって
男受け良さそう
だなーって…
まだ
モテをあきらめきれない。

File 006

オリンピックの見方

去年盛り上がっていましたね、オリンピック。私の情報源はもっぱら午後の情報番組。水泳でメダルとった選手（高校生）のお母さんの年齢に驚愕《きょうがく》。

そうか、二〇代の早い時期に子供産んでる同世代はそういうことなのか。インタビューでは息子をオリンピック選手に育てるまでの親の苦労とかをやってたのだけど、もう年齢のほうが気になってしまってまったく情報が頭に入ってきませんでした……。ほんと人生いろいろだわ！

去年オリンピックを見ていてメダルをとった高校生の選手のお母さんが私と2歳しか違わないことを知った。

お母さん41か…

そうか…

高校生の子供がいてもおかしくない年なのか…

あの子は子供の頃から……

人生いろいろ。

TV

File 007

女

心もレンジでチン

レンジで簡単ほかほかパンツのできあがり！

毎日何かとお世話になっているレンジに、そんな活用方法があるなんて。

そして、直置《じかお》きでなくとりあえずお皿にのせたあたりが、彼女の最後の女心をのぞき見たようなそんな気分。

私ももし同じ状況ならお皿にのせるな、うん。

梅雨時パンツが乾かなくて困った
アラフォー友達の話。
うち乾燥機とかないし…
電子レンジ
チンしちゃおう
うんうん…
お皿にのせたとこが
最後の女心。
!!
ってことがあって〜

File 008

かっこいいって何ですか？

ほんと最近思うのだけど、イケメン扱いで出てくる若手芸能人の幅があまりにも広すぎると思う！

「絶対かっこよくないでしょ⁉」って人もかなりまじってるわ、実際問題。

でも友達の子供とかがそういう芸能人を「かっこいい～！」って言ってるのを見たりすると「何々⁉　私の美的基準がもう遅れてるのか⁉」と感じたりも。

イケメンの定義ってほんと難しい……。

イケメン扱いで出てくる若手芸能人を見るたび
キャ～
?
?
ただ若いってだけじゃないの…?
世間と自分のイケメン基準にズレを感じる今日この頃。

File 009

かわいいって何ですか？

絵文字や顔文字やデコメを駆使したメールって、かわいいですよね。これぞ女子って感じ。

こういうのもコミュニケーションツールのひとつなんだってことはわかっているのですが、でもそれをできないどこか冷めてる自分がいたりします。

かわいい自分への照れがぬぐいきれないというか。

学生時代からメール文化があれば、もうちょっと柔軟になれたのかしら？

年下の友達から絵文字たくさんの
かわいいメールが…
ピロリ〜ン
OOOちゃん<…@….>
おはよう
昨日はありがと〜
楽しかった〜
また しよ
がんばっても
(笑)とか☆だわ…
もうかわいいメールの
打ち方がわかりません。

File 010

勝手にディフェンス

好きでもない男から防御策をはられることほど、腹立たしいことはない。
告白してないのにフラれた感じ？
すこーしでも好きならそれもしょうがないけど、悪いけどこっちも興味ないから！
そこんとこ、くれぐれもよろしく頼みます……。

年下の男性と飲んで帰り際
明日朝
早いんですよね〜
あ〜!!
彼女にも
電話しなきゃ!!
そうだ〜
そうだった〜
私も君に興味ないから
安心して…。

File 011

聞いてはいけない

きっと聞いちゃいけないと思われてるんですよね、はい……。

私も明らかに自分より年上な女性には軽々しく「いくつなんですか？」って聞けないもの！

その人が独身であればあるほど……！

でも、その気遣いが痛い。

飲み会でふと気付く。
そういえばこういう場で
年齢聞かれなくなったなぁ〜
みんな
気を使ってるのかな？
明らかに年上って
わかるからかな？
それがアラフォーの証拠。

File 012

気付いてなかっただけのこと

はじめは一ヶ所、二ヶ所のシミが気になって使いはじめたはずなのに……。

ちゃんと見ると思いがけずたくさんシミがあったという……。

もはや普通に保湿クリームとして顔全体を塗ってるような状態です。今まで見て見ぬふりしてきたツケなのか——。

まぁ効果は正直まだよくわからないけど、シミが大きくなったりはしてないのでまだまだ使ってみます！

こういうの信じる気持ちがきっと大事。

ほっぺたのシミが気になって
使い始めたケシミンクリーム。
シミをうすくするという…
あれ？ こめかみにもシミが…
ってかここにも…
こっちにも…
くるくるー
もはや一ケ所二ケ所の
話じゃなかった。

File 013

究極の希望

子供への親からの願望や希望って「結婚してほしい」「孫の顔を見せてほしい」「安定した生活を送ってほしい」とかそういうことかなと思ってましたが……。

いやいや私がこんなだからいつのまにかそうなったのか……？　でもなんか親の子への思いって、こういうことなのかなーとなんだかしみじみ。結婚や生活の安定とかで親を安心させることはなかなかできないけど、自分なりに健康に気をつけて日々過ごすことならできるから私がんばるわ！

仕事でバタバタしていたら母へのメールの返事が遅くなってしまった。
忙しくて返事遅くなってすみませーん。
生きていればそれでいいのです。
母からの返信
い、生きて…!?
そこからの話なの!?
なんか究極だな!!

File 014

究極の思考

恋はどんなにがんばって努力しても、うまくいかないことたくさん。その恋の先にある結婚なんて、もうはるか遠い星をつかむようなものにすら思える。

だけど仕事はがんばったら成果みたいなものが、割と見えやすいって感じてます。もちろんスランプだったり、うまくいかないときはあるけど恋ほどではない感じ。

だからますます出会いを探すことより、目の前の仕事をがんばってしまう。この考え方、危険とわかってても止《や》められない。

大きい仕事が入ると…
私このまま
ひとりでもいい…!!
恋より結婚より
仕事で輝くわ…!!
なんかとっても
うれしい
仕事♡
と、思ってしまう私がいる。

File 015

ぎゅっとして!

洗面所のタオルかけが、定期的に落ちはじめて数年。

ドライバーで毎回ネジを締めるのですが、私の締め方が足りないのか一ヶ月ぐらいでネジがゆるんでガッシャーンと落ちてくる始末。

こういうときひとり暮らしってせつないわー!

彼とか夫がいたら力いっぱい締めてもらうのにー!

タオルかけっていうほんと日常のささいなことで、自分の現状を憂う私なのでした……。

洗面所のタオルかけのネジの締めが
甘いのか月イチで落ちてくる。
ココの下にある
ネジがゆるんで
いつも落ちる・・・
・・・・・
↑ココから
ガッシャーン
誰か力いっぱい締めて・・・。

File 016

きりがない

そりゃこの年だから、気になるところは他にもたくさんあるけれど、そんなの言い出したらきりがない！

全部やったら原形とどめず、もはや整形。

アラフォーのエステに完璧という言葉はないのね……。

でも、そんなくまやシワも、これまでがんばってきた証だと思えば、なぜか少し愛《いと》しくもあり……。

無料クーポンをもらったのでエステへ
気になるとこは
シミですかね〜
えーっと…
他に気になるとこは
ありませんか？
法令線とかたるみとか
くまとか くすみとか毛穴とか〜
……
それ全部です。

File 017

くすんでますか？

考えすぎかもだけど、こういう接客が増えたような気がします。

まぁアラフォーにもなれば顔もくすんでくるよね！

あ、でも昔から変わらない接客もあってそれは「やせて見えますよ！」というもの。

きっと接客って、何歳になっても自分を映す鏡なんだわ……。

洋服屋さんで試着
このお色だと肌が明るく見えますよ〜
それって肌がくすんでるってことかしら…って
あ、ハイ…
似合う似合わないで接客された20代が懐かしい。

File 018

経理と私

フリーランスの私ですが、経理とかお金に関するものってほんと苦手です。最低限のことしかせずになんとかここまで来ましたが、先日どうにもわからないことがあって仕事先の方に勇気を出して聞いてみたら、とても丁寧《ていねい》に教えてくださって。うん、やっぱこういうの勉強しなくちゃだよなー！　と思っていたらこのような流れになりました。

いやいや！　ひとりでずーっとやってくつもりはないのです。

仕事先の方に経理関係のことを教えてもらって
ありがとうございました〜!!
勉強になりました〜!!
ひとりでやっていくなら知っておいた方がいいと思いますよー
ひとりでやってくつもりもないのですが…。

File 019

効率重視

店はあらかじめ決めておきたいし、並ぶのを避けて予約もしておきたい。

もしかしたら仕事で遅れるかもだから、タクシーで乗り付けたっていいぐらいの勢い。

そう、それだけ効率よく動きたいのだ！

私たちには店で悩んだり、あてもなくさまよったりする時間はもう残されてないのです……。

食事の回数も、無限ではないし、美味《おい》しいもの食べたい。

今度年下男子と食事することになったので
お店をどこにするか話してたら
駅で待ち合わせてから
決めればいいんじゃ
ないっスかね？
ぽーしっ
はああ⁉
お店難民になりたく
ないし、効率良く
動きたくない⁉
アラフォーの辞書に行き当たり
ばったりという言葉はない。

File 020

こ

こは柴又ではない

どうやらかわいい女子は、こういうときちゃんと腕を通すらしいです。

でもアラフォーは「すぐ返さなきゃ」とか「汗ばんだら悪い」という余計な気遣いが働いてしまう生き物。

もはやそれは母性レベルでの思考回路。

甘え上手になりたいよー！

ちょっと肌寒い夜、飲み会の帰り道に
男性がジャケットを貸してくれた
わ〜い♪
あったかいい
ありがと〜!!
その着方って…
寅さんみたいと言われました。

File 021

答えはNO

うんうん、私も今更二〇代に戻るのはいや！
肌や体力的には捨てがたい選択だけど……。
日常だったり仕事だったりで、今得たものや経験したことを
またはじめからやるなんて考えられないのです。
あーだこーだ言いつつも、今この状況に満足してる自分に気付く瞬間。

ねーねーもし20代に
戻れるってなったら
どうする?
また就活とかで
苦労したくない!!
イチからキャリア
積むのごめん!!
また恋してフラれる
なんて勘弁して!!
全員NO～!!
既婚
なんだかんだ言って今が好き。

File 022

こんな日曜日

ひとりファミレスは大好きだけど、今までなら絶対行かなかった時間帯があります。それは日曜昼下がり！

ファミリーやカップルや友達同士や、とにかく楽しそうな雰囲気ぷんぷん。ひとりでランチ食べてドリンクバー楽しんで、ってのは平日のひとり客たくさんのとき限定だったけど。

でも先日とうとう日曜にランチ食べにファミレスに行けちゃった……。しかも寝起きすっぴんで……！

私もいろいろと強くなってきたんだなぁとしみじみ。

アラフォー独身の私…。
日曜のファミレスにひとりでランチに来れるようになるとは…
しかもすっぴん…
あはは…
ワイ
ワイ
おいしかった〜
あ〜ん♡
な〜♪
いろいろ平気になってきた。

File 023

最後の手段

コンビニにパンツを買いに走りに行くのもありだけど、どうしても洗濯してないパンツを一瞬でもはきたくない気分だったそう。

そんなとき、目に入ったのが部屋にずっといた熊のぬいぐるみだそうです。

ってか、熊にパンツ借りるって……！

どんどん怖いものがなくなるよね……。

レンジでパンツをチンした友人その後。
今度は洗濯済のパンツが1枚もないという事態…
彼女んちにいるでかい熊のぬいぐるみ↓
なぜかパンツをはいている…
う〜む…
これがあるか…
熊にパンツを借りた女…。

File 024

幸せは突然に

出先でお茶できるところが、ここしかないぐらいな理由で入ったお店での思いがけない出来事。

うさぎのラテアートがなんとも愛おしくて思わず「かわいい！」って独り言が出ちゃいました。

幸せって、こういうなんてことない場所や瞬間にひょっこりとあるんだなー！

でも、なぜか男性の前では、こんなセリフ言えません。

なんとなく入ったカフェでこれまた
なんとなく注文したカプチーノ
ラテアートの
うさちゃ〜ん♪
か、かわいい…!!
ご ゆっくり〜
こんなことで
幸せになれる私です。

File 025

一〇年

仕事でバタバタしているうちに、パスポートが切れちゃいまして。新規で申請しなおすために準備中のときのこと。

まぁ、今回も一〇年パスポートにするとして、一〇年後更新のときが来たら私なんと四九歳！

あわわわわ！　なんかもう、四九歳の自分が想像できない！

ってか、そのとき私何してるんだろう？

この仕事できてるかなー？

そもそもおひとりさまは脱出できてるかなー？

去年パスポート申請の準備をしている時にふと思った。
えーっと10年パスポートにするとして…
次に更新するときには49歳か…
そうか…そうなのか…
私そのとき何してるんだろ。

File 026

衝撃のカウント

友人の五歳の娘さん。数を数えるのが楽しいお年頃です。それもあってホクロを数えるのがブームなようで、自分のを数えるのはもちろん私のも数えてくれた！　が、しかしそこは五歳。ホクロとシミの区別がまだわからないのです……。なおかつ目がいいもんだから、小さいのも薄いのも全部見えちゃってる訳です……。

ってことで、とってもうれしそうに私の顔にホクロ（いや、正しくはシミ……）が二〇個あることを報告してくれました。

ホクロの数を数えるのがブームの
友達の娘さん。
1、2、3、4……
あ…うん…
顔のホクロ20個だよ!!
あのね…それ99分シミ。

File 027

シンプル・イズ・ベスト

友達がチョイスしたお赤飯のおにぎりにつっこんでる場合じゃなかったわ。それに、その日は気分じゃなかったから選ばなかったけど、お赤飯のおにぎり私もけっこう好き。

イクラとかお肉とか具しっかりめのおにぎりも昔は食べてたけど、最近は気付いたら梅干しとかシンプルな具をチョイスするようになってました。

友達と「なんか最近がっつりめの具のおにぎりとか選ばなくなってきたよね……」としみじみ語り合っちゃった……。

同い年の友達とコンビニでお昼に
食べるおにぎりを選んでて
お赤飯のおにぎり？
おばあちゃんみた〜い!!
あははー
そういう自分は
梅干しじゃん!!
どっちが!!
これがアラフォーの
おにぎりチョイス…。

File 028

ずっと定位置

飲み会につきものの年齢話。

聞かれなきゃ聞かれないで「気を使われてるなー」と思うのに、いざ聞かれないとなると、自分が席を立ったときに年齢の話になってるんじゃないかと内心ヒヤヒヤ。

よって、膀胱《ぼうこう》がどんどん鍛えられてしまうのであった。

トイレ行きたい!!
でも行けない!!
だって今席立ったら…
彼女いくつなのかな～
あーあの人確か今年で40だよー
けっこういってるねー!!
これがイヤ…
プル
プル
考えすぎとわかってても
トイレを我慢してしまう私…。

File 029

線なのか、どうなのか

友達の子供の無垢な言葉にガーン。

あのね、これは線じゃなくてシワっていうんだよ……。

でもまわりにいた友人たちが一斉に「ナオコさん、それシワじゃないよ！　涙袋だよ！」「そうだよ！　最近は整形して涙袋作る人もいるぐらいなんだよ！」と口々にフォローしてくれてその優しさがまた泣けました。

今日もパックがんばるー！

ねーねー
目の下に線があるよー!!
友達の子供(小二)
凍りつくママ
!!
うん、これシワ…。

File 030

そのときはひとりでそっと

思えば私も二〇代の頃は、当時勤めてた職場で上司に怒られてみんなの前で泣いたこともあった……。

そう、二〇代ってそういうもの。

そして、今はどんなに悲しいことや悔しいことがあっても、ひとりで家でそっと泣くのです。

泣くほどのおさえきれない負の感情よりも、「人前で泣くなんて恥ずかしい」っていう気持ちのほうが、いつのまにか強くなってしまったみたい。

若い子が仕事場で泣いてるのを見て
あら…
何かミスしたのかしら…
店長？
久しく人前で泣いてない
自分に気付く。

File 031

それは無理

そんなこと言われても困る！

基本、私の生活は常に単独行動なのに――。

占いって普段は聞き流すんだけど、あまりに無茶で聞き流せない……。

まぁ占いなんて気にせず、今日もひとりで仕事してごはん食べてお酒飲むよ！

朝のテレビの占いで
上の方にテロップで出てる占い
うし年
単独行動は控えて
そんな無茶な!!
おひとりさまで仕事もひとり…

File 032

た

だいま出世中

ハマチもブリも好きだけど、これは決してうれしくない出世魚パターン。
年を重ねると呼び方すら変わってしまうのね。
今この四十肩も数年たてば五十肩に……。
疲れ目も老眼に……。
まだまだいろんな出世が待っている!

アラフォーになって思う
ソバカス
シミ
ニキビ
吹き出物
・・・・
ハマチがブリに
なるように…
加齢って出世魚に似てる。

File 033

立ち位置そっち

ドーナツ屋の狭い席でなんとなく聞こえてきちゃった隣の二〇歳ぐらいの女子の話に衝撃。

独身の私とはいえやっぱ嫁の彼女側の立ち位置で勝手に共感しちゃってたのに……。

世間的には私の年（四〇歳）では明らかに義父母のほうが近いだなんて嘘だと言って！

それまでおいしく食べてた激甘ドーナツが、なんだかしょっぱい味がしました……。

義父母のグチを言ってるハタチぐらいの
女子の話を「うんうん同居は大変よね～」と
勝手に共感しながら聞いてたら
お義父さんなんて
48だし～会話が
全く弾まなくてさ～
あ～…
よ…
よんじゅう
はち!?
ドーナツ屋で
なんとなく
聞こえて
きちゃった…
私義父のが近い…!!

File 034

立つか座るか

アラフォーにもなると二時間立ちっぱなしって選択がもうないです。

高くてもいいから指定席。

快適をお金で買うようになってしまいます。

でも年下の友達にそんなこと言えませんでした……。

そして、実際ライブは中盤から足がへろへろで、アンコールの頃には友達の腕にしがみついておりました。

なんかごめんね……！

年下の友達とライブに行くことに
指定席もあるけど
立ち見のが少し安いから
立ち見でいいよねー
う…うん…!!
そうだね!!
やっぱライブは
立って見ないとね!!
高くてもいいから座って見たいという
言葉を咄嗟に飲み込みました…。

File 035

宙ぶらりん

似合う服の幅がどんどん狭くなってきてると思う今日この頃。シンプルでカジュアルな服が好きだけど、一歩間違うと若作りに見えたり、ただの手抜きに見えたりさじ加減が難しい！　ユニクロさえあればなんとかなるんじゃない？　と思った時期もあったけど、派手な柄ものとか売ってるのを見ると決してそうではないのだと気付かされたり……。

着たいって思えてなおかつ似合う服ってどこに売ってるの？

老化現象や老後の年金問題と同じぐらい私を悩ませる……。

キャリア系って
柄じゃないし…
ピシ～～ッ!!
かわいいなーって
思うのは
若すぎるし…
フレッシュ!!
一体何着りゃ
いいの…
40歳…
私今、洋服難民…。

File 036

ついに、ここが……。

久々に短パンをはいてふと気付いてしまいました。
ひざがなんか老けた！
はりもないし、しわしわだし！
去年のひざはこんなじゃなかったはず～。
もしかしてこれも加齢のひとつなのか？
顔はパックしたりマッサージしたり、何かとあがいてたけど、
ひざは盲点だったわー！
クリーム塗ろ……。次はどこが……。

最近ふと思うこと。
あ〜…
リアル足…
ひざがしわしわ〜
ハリもなし〜
ひざが老けた。

File 037

どこまでが同世代？

たかが三歳、されど三歳。

大きいっちゃ、大きいと常々思っています。

だって私が中三のときに小六……。子供じゃやーん！

ランドセルじゃーん！

ってことで、私にとっては必ずしも同世代ではないのですが、
こういうまさかの同世代扱いされると、なんだかうれしくなってしまうのは女心なのか？

友達のさりげない気遣いなのかもしれないけどありがとう。

三歳年下の友達と話してて
オレらの世代だとそうだよね〜!!
えっ!?
私も同じ世代でいいの!?ねぇねぇ!?
あ、うんうん!!そういうことあるある〜
同じ世代扱い、ありがとう。

File 038

所変われば

眉《まゆ》を描くのが苦手でいつも「これで正解なのか？　そうなのか？」と半信半疑です。

以前は道具の問題かと思ったのですが、それもなんか違うような気がする。だって、出先で適当なサンプルのアイブローペンシル試してるときのが絶対きれいに眉描けてるもの！

あのときの眉を家で再現できないのはなぜなの？

パーフェクトな眉を描ける日は、果たしてやって来るのだろうか。

ドラッグストアで化粧なおしがてら使った
アイブローペンシルが思いの外良くて購入
サンプルの
お!!
コレいいじゃん!!
お店では…
なんで家だと
うまく描けないのー!?
外で化粧するっていう
緊張感が大事なのか。

File 039

年上女と年下男

昨今の男女逆転年の差カップルブームや、雑誌があおる年上女性が年下男性からモテるという作られた風潮をなんとかしてほしいと常々思ってます。

そんなの全体のひと握りだってばー！

たまたま目立ってるだけだってばー！

世の中には、年下に興味ない女性もたくさんいるってことをほんと知ってほしいわ。

仕事関係の年下男子と飲むことに。
今日フカザワさんと飲むって上司に話したら…
お前フカザワさんに襲われんなよ〜
ハハハ〜
って言われちゃいました〜
はぁあ!?
女はみんな年下が好きって
誰が決めた!?

File 040

年の始めのご挨拶

新年の挨拶《あいさつ》の年賀状の一言コメントがそれって！

正月早々やられたわ……。

おひとりさまを満喫しているように見えたのに。

若くて、かわいい。それだけで、私からしたらもう無敵なんだけど、実は若くてかわいい女子なりの葛藤《かっとう》とか闇があるのかもしれないと悟った出来事でした。

今年もらった年賀状で印象的だったもの
一番
今年の目標はカップルをにらまないです!!
!?
シングルライフ満喫中の友人
見た目はいかにもな若くてかわいいOL風なのに…
みんな何かと必死に闘っている…。

File 041

なぜこのタイミング

だからひとりなのか?

男性の盛り上がりポイントやタイミングが本当によくわかりません。

そもそも何ヶ月もどちらからも連絡しない時点で、もう「次だ、次!」って双方なってるかなぁって思うのですが。

んー、謎すぎる!

何ヶ月も前に一度だけデートした人
から久々にメール。
ピロリ〜ン
お久しぶりでーす!!
また飲みませんか?
何故今頃…?
しかも特に盛りあがることも
なかったはずなのに…
男心がわかりません。

File 042

なんか違う

美人なはずなのに。若く見えるはずなのに。なぜ……？

そんなことを考えてて気付いたのですが、もしかしたら私のアンチエイジング願望って、何も二〇歳も三〇歳も若く見られたいってことじゃないのかもなー。

そりゃ確かに年より若くは見られたいけど、神様や仙人じゃあるまいし、できれば実年齢マイナス五歳ぐらいの自然な若さでがつがつしてない感じでいたい。

私の目指すアンチエイジング、多分そこ！

テレビで美魔女特集↓
ペカー!!
なんと○○さん50歳なんです!!
えええー
ギラギラ〜〜!!
きれいだし若く見えるのに…
こうなりたいと決して思わないのはどうして…。

File 043

ニキビ都市伝説

都市伝説じゃなくただの年齢による肌の変化ですね、はい。

でもなんか心当たりがあるだけに聞いておそろしかったわ〜。

確かに一〇代の頃は、おでこにニキビめちゃできてた！

でも最近はもっぱらあご。

この話、したときもあごにできてたから余計に。

まぁ大人になってもニキビって呼んでていいのかどうかはおいといて、着々と加齢が進行してることを痛感しました。

首にできるのも間近か!?

友達から聞いたおそろしい話。

ニキビって年とともに出来るとこがどんどん下がってくるんだって〜

思春期はおでこで20代30代でどんどん下に移動して…最終的には首にできるんだって〜

ひいいいいい!!

よく
私最近あごにできてる!!

File 044

ネットショップが教えてくれる

この年になると誕生日を指折り待つこともなく、日々目の前のやらなきゃなことに追われて忘れがちになってしまいます。でも登録してるネットショップから誕生日特典メールなるものがちらほらと届くと、いやでも「もうすぐ誕生日か！」と意識せざるを得ないという。

ネットショップに誕生日を祝ってもらうってのも、複雑な気分だわ……。

HAPPYBIRTHDAY!! 500円引きクーポンを…
ピロリ〜ン
4月生まれの方に BIRTHDAYクーポンを…
HAPPY BIRTHDAY 500円 OFF!!
登録してるネットショップから届く誕生日特典メール…
ああ!! 私もうすぐ誕生日だったわ!!

File 045

ノンストップ

もはや泳ぎ続けないと死んでしまう、マグロのよう⁉
なぜか連休前や久し振りのお休みになると、具合が悪くなります。
日頃それだけ体を顧みず、無理してるってことなのかしら……。
がっつり仕事して、休日もしっかりと遊びまわっていたあの頃が懐かしい。

本日は久々にお休み
なのになぜ風邪ひくの〜!?
ゲホッゲホッ
くすり
ぎゅうううう〜
止まると死ぬのか、私は。

File 046

ハグ、それは抱き合うこと

二〇代は肌も若けりゃ挨拶も若い。
男女関係なく人前でハグとかすごいな！
ハグって言えば聞こえはいいけど抱き合うってことでしょ？
そんなの恋人同士が誰もいないとこでやることじゃーん！
って思ってる時点でもう考え方が昭和なんですけどね。
ってか心のどこかではハグに憧れるからこその恥ずかしさもあるのかも。
うん、ハグちょっとうらやましいです……。

挨拶ひとつに年が出る。
○○ちゃ〜ん
久しぶり〜〜!!
キャ〜!!
ハグ〜♡
私いくら
仲良くても
人前でハグ
できないわ…
私も…
アラフォー
20代

File 047

昼からアレ

いやー、気持ちいいほどの暗黙の了解を感じる瞬間です。

家に帰っても「昼間っから飲んできて！」って言う人もいないし、誰かのごはんも作らなくていいし！

ひとりはせつないときもあるけど、こういう場面がなにげに幸せ。いつもがんばっている自分へのご褒美、至福の時間です。

ケーキセットなんかより、断然こっち。

同世代の独身友達と昼間会うと
やっぱコレだよね～
うんうんだよね～♪
あうんの呼吸でビール。
MENU
カーンパーイ!!

File 048

深い話

少し年上の友達の言葉だったので、余計に深く響いたのかも。確かに写真を撮られてる今の私が、一番若い私でどんどんまた時間が過ぎていくのよね。

写真ってあとから見返して「うわー！　太ってるわー！」とか「なんで半目ー!?」とかあれこれ思うこと多いけど、でもその瞬間の一番若かった私と思えば、なんかまた見方が変わるのかもなー。

みんなで写真を撮ってるときに
今日より若い日はないからね!!
ボンッ
しっかり撮ってもらわないと～
か～
ハイ、チーズ!!
なんか深い…!!

File 049

ベッドと独身

ベッドひとつに余計なこと考えちゃうのって、まさに年の功だから？

ちなみに彼女は結局シングルでもセミダブルでもなくダブルのベッドを買ったそうです。

狭い1Kにダブルベッド……。

彼女がいい雰囲気の人を初めて家にあげたときの、相手の反応が心配で心配で仕方ありません。

今度ベッド買おうと思うんですけど〜
シングルだとせまいしセミダブルにしようかなーって
せまい1Kでひとり暮らしで現在彼氏なし
それっていざってときに男の人部屋にあげたら相手にひかれない!?
やめときなよ〜!!
つい余計な心配をしてしまう。

File 050

忘却

一応自分なりに化粧の仕方ってあるはずなのに、そのひとつの過程をすっかり飛ばしてしまってるという事実に驚愕。

私の脳みそ大丈夫か？？？

人から見たら全然どうでもいい違いでも、自分ではひとつすっ飛ばすだけでまったく感じが変わるというのに化粧してるときに全然気付かないんだもんなー。

そのうち、化粧することそのものを忘れて出かけちゃうようになるのかしら。

こないだ…
BBクリームのあとに粉はたくの忘れてた〜!!
そして今日は…
マスカラも忘れた…
なんか今日眠そうな顔してると思ったら…
化粧そのものを忘れる日も近い…。

File 051

待合室で気付いたこと

市からお知らせが来る婦人病の定期検診、安くて便利ですよね。仕事がフリーランスなこともあって、こういうのはしっかり利用する派です。

で、先日、待合室で待っていてはたと気付いた。私こういう検診でしか婦人科に来たことない……！

妊娠で来てるであろうはるか年下な女性たちと自分との溝みたいなものをまざまざとつきつけられたようなそんな感じ。

でもまぁね。人生なんて人の数だけあるしね。

婦人病検診で婦人科に来た。
こら〜!!
わ〜
わ〜
私が妊娠出産でここに
来ることはあるのだろうか…。

File 052

道はひとつじゃない

いつ誰が結婚出産しないと言った⁉

決して独身主義者でもないので、こういう話になると困ってしまうのですが、同じアラフォー独身でも、全てを悟って向こう側に行った人とまだまだ何かを信じてる人とにぱっきりわかれるような気がしてます。

私もいつか向こう側に行くときが来るのかなぁー？

いや、まだまだ人生なんてわからないはず！

結婚とかもう面倒くさいよね〜
子供も興味ないしさ〜
え!? 私まだ結婚はあきらめてないんだけど…!!
う、うん〜
アラフォー独身もいろいろ。

File 053

無の境地

昔はこういうの人知れず傷ついてたはずなのに、いつのまに平気になったのだろう。

お酒を飲む場数を踏むたびに鍛えられていったハート。

最近は鍛えすぎて鋼鉄のようになってきました……。

ってか、男性と二人きりの飲みで、焼酎お湯割り頼んでる時点でもういろいろと達観してる！

居酒屋で焼酎を頼んだら相手の男性の
方に置かれた
あ〜…
焼酎お湯割りは
私のだね〜
テキ
パキ
モヒートは
○○くんだよね〜
ササッ
すみません…
ハイ〜
ちがったのか!?
こういうのにいちいち傷つかなく
なるのがおやじ女子なのか。

File 054

めったにない感覚

仕事でもプライベートでも、たいがい知り合う人はみんな年下なのが鉄板です。下手したら一周しちゃって同じ干支《えと》ってことも決して珍しくありません。

なので、稀《まれ》に年上の人に会うとそのリーダーシップぶりや自分にはまだない経験値がまぶしくて仕方ない！

自分も年下から「素敵な年の重ね方してるな」って、思ってもらえるような年長者でありたい……。

こ…この感じ…
久々…!!
この特集のカットを10点お願いしたくて…
え〜っと…
?
?
仕事相手が年上…!!

File 055

もはや、性別さえ

ひとり人生経験も豊富になると、いろいろなものと戦ってきたせいか、なぜか正義感も強くなる。

マナーの悪い子供たちをつい注意してしまう。

お姉さんと呼べとはいくらなんでも言わない。

でも、せめてそこは一〇〇歩譲ってくそばばあじゃない？

ってか、人にくそなんて言っちゃだめー！

スーパーで子供が商品をおもちゃにしてたのでやんわり注意したら
うるせ〜くそじじ〜!!
ガーン!!
もはやばばあでもない…。

File 056

やはりそう来たか

内心「知らないよ!」と思いつつも、人生相談にテキパキと答えてしまう自分がいます。

年の功で経験値も相手より上なのでつい……。

最近は、女性のほうが、決断力もあるし、相談相手にはいいのかもしれません。

でも、こんなんで恋なんて生まれる訳がない!

ちょっとでもドキドキした、私の純情返せ――!

年下の男性からごはんを誘われると
ちょっとドキドキするも…
オレあのままあの会社にいていいんスかねー…
ナオコさんもオレぐらいの時悩みませんでしたか?
……
ほぼ
100%人生相談。

File 057

夕飯の光景

お皿にうつしかえて食べるって聞いて「すごーい！」と思ったものの、更に彼女の行為は上をいくものでした。お皿でちゃんと食べたい、でも洗い物はしたくない。そんな葛藤の末にあみだしたのがラップ戦法！

家事をはしょる方法は、探せばまだまだあるのかと妙に感心しちゃいました……。

夕飯はいつもコンビニやデパ地下のおそうざいという長年独り身の友人。
でもお皿にうつしかえて食べるようにはしてて〜
お皿をラップでくるんで…
ラップの上におかずのせていただきまーす!!
食べたらラップ捨てればお皿洗わなくてすむ!!
こうしてるのよ
よく考えついたね!!
それが彼女の最後の砦。

File 058

四十路の扉

もちろんお酒飲むようになっている時点で、既に年齢的には大人なんですが、酔ってそのまま化粧も落とさず寝ちゃったりなんてちょっと前までざらでした。

でもなぜだろう。四十路《よそじ》の扉が見え始めてきた頃から、どんなに酔ってても「このまま寝たいけど肌に悪い！　化粧だけは落とそう！」という気持ちが芽生えはじめたんですよね。

かつての生活から考えたらこれは大進歩。自分の成長に乾杯！

どんなに酔って帰っても化粧は
落として寝るようになった。
もう
アラフォーだし
肌のこと
考えたらねぇ
私も大人に
なったなぁ…!!

File 059

良

縁祈願

「わー！　手紙に漢字増えたなぁ！　字も上手だなぁ！」としみじみしつつ読んでると「なおちゃんに私が作った恋の折り鶴を送るね」との文面が。

封筒の中を確認すると全長一・五センチほどの小さな小さな折り鶴が入ってました。「これ持ってると恋が叶《かな》う」とかそういうおまじない系のやつなのかな⁉

小四の姪《めい》っ子に良縁祈願のお手伝いをしてもらうときが来るなんて、思いもしなかったわー！　でもありがと☆

姪っ子(小4)から手紙が。
恋の折り鶴作ったから送るね!!
こ、恋の折り鶴!?
こんなの入ってた
恋が叶うとかそういうこと!?
姪っ子にも心配されてる!?

File 060

連日、私を苛立たせるもの

あいかわらず連日のように来る迷惑メールですが、その中のあるひとつのメールにいちいちひっかかってしまいます。

多分出会い系かなんかの迷惑メールだと思うのですが、タイトルが「もっと積極的でもいいと思いますよ」というもの。

はっ⁉　一体私の何を知ってのこと⁉

ちょっと上から目線が入ってるのがこれまた気になるわ！

きっと自分の痛いとこを突かれているから、余計にイライラしちゃうんでしょうね、こういうの。

毎日のように来る 迷惑メールのタイトルが……
もっと積極的でもいいと思いますよ
私の何を知ってるというのだ……!!

File 061

わからないがわからない

三〇過ぎると特に仕事の場では「知りません」「わかりません」が言えなくなります。

「長いことその仕事やってて、そんなことも知らないのか！」って思われたら仕事に少なからず影響が出るから。

わからないことはわからないと正直に言える、それが二〇代。

そこがまぶしくもあり、うらやましくもある瞬間だったり。

きっと自分も年上の人にそう思われてた頃があったんだろうなぁ、となんだか懐かしい気持ち。

仕事先の20代女子と話してて
その映画見たことないんで知りません～
まだ子供だったんで～
？
？
……
これが友達とかなら別にいいんだけどさ…これ一応仕事の話だよな…？
知らないってことを素直に言える、それが若さ…。

File 062

わからないに便乗

若い子が知らないってことを素直に言えて、うらやましいと思う大人な私もいれば、それに便乗してしまうちゃっかりな私もいる。

相手がはるか年上だと、若い子もアラフォーも一緒くたにされるからまぁいいかって気持ちもあったり。

ズルしてごめんなさい！

お!! 懐かしいね
この曲
え〜!? 私
この曲知らないです〜
キョトーン
20代
わ、私も〜〜!!
若さに便乗。
ほんとは余裕で
知ってるけど…!!

File 063

私、いま最年少

滅多にないからこそ、自分以外全員年上のときの居心地の良さったら！

何話しても「まだまだ若いから〜」という若造扱いが、これまたここんとこご無沙汰《ぶさた》な感覚。

若者に囲まれてるより、断然落ち着きます……。

人生の先輩達と飲む機会が
50〜60代
ぱあああ〜
なんだろう…
この居心地の良さ…!!
私の居場所見つけた!!

File 064

私、女だよね？

いくら友達だからってこの扱い！

リラックスしすぎじゃない……？

これがきっと、気になる女子とかなら全然違うんだろうなーと思う反面、まぁ今更興味持たれても困るしな、というもやもやした気持ちを抱えながらちゃんと家まで送り届ける私なのでした。

私も誰かに送られたいわー！

男友達と飲んで帰り道
ぐーぐー
すやすや…
あ〜次の信号過ぎたとこで一人降ります〜
いつからか
送られる側から送る側に…。
は…はいっ!!

File 065

私にはない女子アイテム

いやー、ほんと若い女子のメイクってすごい。

なんであんなきれいにつけまつげつけられるのー⁉

それに黒目を大きく見せるカラコンもすごいですよね。

そこまでして目大きくしたいか？　やりすぎじゃない？　っていう思いも正直あり、あんまり好きじゃなかったのですが、最近会う女子たちもけっこうしていて、みんなかわいくてチャーミングなのを見ていたら「まぁかわいいからいっか！」って思うようになりました。でも、話に集中できない……。

若い女の子と話す機会があると
多分20代前半のお姉さん↓
お客様
お待たせしました〜
つけまつげきれいにつけてるな〜
あ、黒目が大きくなるカラコンかな?
女子度の高さが
気になってうわの空。

ま、
なんとかなるさ〜♪
のび〜〜

本書は書き下ろしです。

〈著者紹介〉

1973年生まれ、愛知県在住。イラストレーター&マンガ家。著書に『毎日がおひとりさま。』『あいもかわらず毎日がおひとりさま。』『いまだに毎日がおひとりさま。』『おひとりさまの「はじめまして」』『おひとりさまの京都ひとり旅』『おひとりさま 縁結びの旅』など。自身の日常をひとこまマンガにした絵日記ブログ「ひとこま作者」を毎日更新中。http://ameblo.jp/hitokomasakusya/

GENTOSHA

おやじ女子図鑑
2013年5月25日　第1刷発行

著　者　フカザワナオコ
発行者　見城 徹

発行所　株式会社 幻冬舎
〒151-0051 東京都渋谷区千駄ヶ谷4-9-7

電話:03(5411)6211(編集)
03(5411)6222(営業)
振替:00120-8-767643
印刷・製本所:図書印刷株式会社

検印廃止

ISBN978-4-344-02393-2 C0095
幻冬舎ホームページアドレス　http://www.gentosha.co.jp/

この本に関するご意見・ご感想をメールでお寄せいただく場合は、comment@gentosha.co.jpまで。